당신이 우리 마음에 심어놓은 별이 있어요

문학들 시인선 029

최미정 시집

당신이 우리 마음에 심어 놓은 별이 있어요

문학들

시인의 말

매일 개밥바라기별을 보며 걸었다

별이 내려와 앉는 시간이 있다

최미정

차례

제2부 부적

제3부 꽃초

제4부 검은방

제5부 옥춘당

제1부

모닝콜

모닝콜

아버지는 아침에 마루를 쓰셨다
빗자루가 종이문 밑을 스치고 지나가는 소리
그 기분 좋은 소리 뒤에서
하루를 여는 해가 솟아오르고 있었다
한 시간도 넘게
무거운 책가방을 들고 걸어도
손바닥의 굳은살이
단단한 심지가 되는
마법의 시간이 열리고 있었다

스무 해 동안 배밭에 누워 계신 아버지를 깨우러 간다
긴 옷을 입고
아버지가 그랬듯 풀잎 스치는 소리를 내고 간다
일어나세요, 일어나세요
풀잎이 대지를 훑는 소리에
배밭이 스석스석 일어난다

개나리

한 아이는 업고
한 아이는 걸리고
집을 나선다
귓불을 때리고 지나가는 바람이
맵다
아이는 아직 꿈속인가
눈길을 놓자 마자
휘적휘적 찻길로 들어서고
옷 가방을 쥔 손으로 붙들면
나 혼자 갈래
또 저만치 앞장서 간다
뒷모습이 꼭 누굴 닮았다
산그늘에 들어서면
바람결에 눈물 몇 점 떨어진다
저 너머 산비탈에서
아지랑이 피어오른다
헐거워지는 인연의 끈이 풀려
나풀대는 걸까
업고 있는 아이는 자꾸만 처지고

다리는 휘감겨지고
아이는 어느새 산모퉁이를 돌아
보이지 않는다
함께 길을 나섰던
새 몇 마리 어서 오라고 날갯짓한다
머리 끈을 다시 질끈 동여매고
잰걸음으로 쫓아간다
한 아이는 업고
한 아이는 걸리고
떨어진 꽃잎 따라
간다

감자꽃

그 여자. 평생 나무만 키우다
늘그막에 머리 속에 무정란 하나 키우기 시작한 여자

가만히 볼을 대 봐
잠자리 한 마리 날아와 퍼덕이는 것 같지 않니
빨간 단풍잎으로 아이처럼 장난치던 여자

아이 하나 없이 빈집이 무서워
거위 두 마리 키우다
저건 왜 저리 알을 잘 낳니
거위 내쫓았던 여자

저게 날 불쌍하게 여기나 보다
시집도 안 가고. 미워 죽겠다
하나씩 잔주름이 늘어만 가는 나무들이
그래도 유일한 자식이었던 여자

감자 알이었을 게야
머리 속에서도 하얀 감자꽃 이쁘게 피었을 거다

나무들 좀 좋았니
식물성으로만 기억되는 여자

뭉클뭉클 피어나던 알 이전의 것들까지 품고
나무 뿌리들 옆으로 간 여자. 그 여자

찔레꽃

사랑이 넘치면 저리 되는가

마음의 자리 돌볼 새도 없이

생각해 보면 이해하지 못할 바도 아니나

커다란 손으로
두 귀를 붙잡고
입맞춤을 해 대는
숨이 턱턱 막히는

지금까지 내가 한 말 다 잊어버려

우두둑 손마디를 누르며 하얗게 웃고 갔다

부레옥잠

베란다에 할머니 돌확을 가져다
부레옥잠을 띄워 놓았다

할머니, 헌 주전자 가득 미꾸리 잡아다
옴팍진 살집 속에서 몽글게 갈아
한 솥 가득 추어탕 끓여내셨다
배고픈 사람들 허기 가셔준 죄로
큰아들 멀리 떠나보내야 했다
끼때에 즈 집에 드는 이는 다 밥손님인겨*
아직도 귀에 쟁쟁한 할머니 목소리
연보랏빛 꽃대궁을 따라 올라온다

* '밥 먹을 때 온 손님에게는 밥을 먹여 보내야 한다'는 뜻의 사투리

팔손이

손이 너무 크쟈
밥물 재다가 슬그머니 손을 감추던 연희 언니는,
어깨도 떡 벌어지고
목소리도 우렁우렁
넌 좋겠다
내 작은 손을
커다란 손 위에 가만 올려놓던 연희 언니는,
부모님 여의고
아래채에 들어와
야간 학교에 다니던 연희 언니는,
부엌데기냐고
야단맞을 때마다
상여꽃처럼 하얗게 웃던 연희 언니는,
움푹 패인 눈만큼
손가락 사이사이 그늘도 짙어
후두둑 후두둑 비 긋는 소리에
간간이 섞여 오던 연희 언니 흐느낌 소리는,
동생들 뒤치다꺼리에
나이 사십이 넘어 재취로 들어간

연희 언니 군살 박힌 손 마디마디는,

난 진밥은 싫더라

고슬고슬하게

물이 조금 적다 싶게

내게 처음 밥물 재는 법을 가르쳐 주던 연희 언니는

수세미

장독대에 걸터앉아 복순 언니는 말했지. 얼굴이 긴 사람은 눈물길이 멀어 슬픔이 많은 법이라고. 미용학원 빼 먹고 옛날이야기 해 주다가. 빨랫줄을 매단 나무를 올라가며 수세미들 초록의 팔뚝을 힘껏 내밀었지

칠순 잔치에 와서 복순 언니는 하염없이 울었지. 까맣게 기미 슬어 선연하게 드러나던 눈물길. 접시 가득 담아 온 음식 서너 숟갈 뜨다가. 깡마른 등을 두드릴 때 복순 언니 눈물마저 말라붙어 조각조각 마른 껍질로 부서져 내렸지

십 리 안팎으로 자랑이던 아버지 북녘으로 넘어가고. 복순 언니 시집간 지 세 해만에 어머니 제주도로 시집가고. 그 길을 따라 가노라면 수세미꽃 노란 멀미로 피어날까. 그 길을 끝끝내 따라 가노라면 하얀 속살 사라지고 뼛골마저 부서져 모질게 질긴 실핏줄만 남아 엉켜 붙을까

중알배기

어느 도공의 물레에서
아버지의 땅이
사십 년을 돌아 나오면
저런 옹기가 될 수 있을까

보금자리의 온기마저
선뜻 잘라 내는
힘센 팔뚝으로
칭칭 동여맨 새끼줄
그 땅의 지렁이까지
같이 돌아 나오면
저런 문양으로 남을까

그 푸르른 향나무가
낯선 어느 집 정원에
보기 좋게 묻혀
시름시름 시들어
뽑힌 뒤,
그 자리에 다시 피어난
검붉은 국화 몇 송이

도트무늬 할머니

핵교 댕겨 왔재*

밥은?

할머니 오늘치의 말씀 다 하시고
잎담배에 불을 붙이셨다
그 옆 마루 끝에 나도 앉았다
할머니 간간이 내 손을 잡다 놓으시고
합죽한 입으로 엷게 웃으셨다
꽃밭에 벌, 나비 앉았다 가고
옆집 복실이가 가끔 짖고
꽃잎이 입을 오므려가고 있었다
해가 서서히 기울고 있었다
아들이 총살당하고
전쟁 중 남편이 불난 집에서 가고
연기 속으로 하나, 둘 사라지는 사람들
할머니 치마에 담배 구멍 서넛 또 보태지고 있었다

* '학교 다녀 왔지'의 사투리

24

동백, 업다

할머니 오늘도 분주하시다 방긋방긋 고개를 내미는 돌나물들, 똑같은 옷을 해 입고 마른 풀 위에서 눈 꿈벅거리고 있는 송장메뚜기, 산도 비스킷을 부숴 나눠 주신다 노루 한 마리, 할머니 옆에 나란히 누워 낮잠 한숨 잔 뒤, 똥한 덩어리 남기고 가는 사이, 벌초하다 낫으로 싹둑 잘라버린 새끼 독사 애미에게도 대신 용서를 비신다 알았음은 안 그랬을 것이여, 우리 아아가 알았음은 안 그랬을 것이여 개미 떼들 우수수 떨어진다. 기어이 넘어뜨려진 나무 둥치 속, 작은 벌레들 고물고물 모여 산다 예나 지금이나 할머니네 집 주변은 늘 북적거린다 겨울을 살아냈구나, 나주 배 하얀 속살에 박아넣은 통후추처럼 까만 눈의 개구리 알들 웅덩이에서 움덕거리며 바람에 흔들린다 아궁이 불쏘시개 틈에서 자꾸만 살아나던 할머니 잔기침 소리, 술을 부어놓고 산을 내려온다 산사람으로 살다 처형됐던 불의 청춘도 같이 내려온다 돌아보니 할머니 등 뒤, 동백꽃들 한 잎 두 잎 수런거리며 피어난다 동백꽃들 업고 할머니, 굽은 허리를 쭈욱 펴신다

배나무 그늘에게

눈은 그쳐 있었다 길은 끝나 있었다 요령 소리에 황급히 잔설들 떨어져 내리고 한 발자국씩 문득 살아나는 길 풀숲을 헤치고 산허리를 한 바퀴 돌아

두건에 내려앉는 관세음보살 새끼 잃은 독사가 겨울잠을 자고 있는 그 옆, 산자락 하나 무너져 내리고 있었다

어젯밤에는 그의 집에 갔다 아직 붉은 문을 열어젖혔다 향 내음 나는 문지방을 넘고 들어가 띠를 풀었다 베옷 속의 그늘도 벗겼다 서역에서 불어온 모래 바람에 속눈썹 가늘게 흔들렸다 그 사이 턱수염 뻣뻣하게 자라나 있었다 아이 때처럼 부벼 보았다 독처럼 가슴을 찔러왔다 설마 거짓일까 시계 속의 모래는 알알이 세상 건너편으로 옮아가고 손가락 사이사이 손톱 밑까지 흙가루들이 차 올라왔다 그렇게 부지런히 봄밤을 건너 생명의 뿌리에 가닿는 화신花神이 있었다

화신花信

　꼭 그 나이 때의 자기 모습이라고 진맥도 잘 하고 약도 잘 짓고 낫낫하게 약첩도 같이 싸다가 말없이 휙 사라지는 것이 섬에서 태어나 썰물처럼 흔적도 없이 떠나가리라 주먹을 쥐던 스무살 적 자기 모습이라고 그래도 걔*는 부족한 것 없이 자랐는데 육지에서 배 한 번 곯지 않고 그것도 대학물까지 먹었는데 돌아올 때면 두 손 가득 좋은 약재 들고 오고 몇 날 며칠 작두로 곱게 썰어내는 걸 보면 천상 약장수의 자식이지 싶기도 하고 오며가며 늘상 보는 거지만 저 물속처럼 알 수 없는 거라고 이미 주먹 풀어놓고 지낸 지 오래지만 손금만큼 헝클어진 물길 어디까지 가고 있는지 알다가도 모를 일이라고

　어둠 속에서
　하나, 둘씩 튀어 오르는 은백색 숨결들
　누구인가
　저편에서 고무래를 끌고 와
　밤마다 시간의 비늘을 벗겨내고 있는 것은

* '그 애'의 준말로 사투리

제2부

부적

서쪽

다리 짧은 개가 토끼처럼 뛰어 담장 밑 그물망을 뚫고
간다

퇴직금을 털어 앙고라를 샀던 가장은 일 년 만에 토끼집
을 부쉈다

정신이 온전치 못한 아들이 빨간 토끼 눈을 부지깽이로
찔러댔었다

아버지는 서둘러 세상을 뜨고

사철나무 담장을 헤치고 와 가끔 눈물바람을 내던 어머
니는

아들을 기도원에 보내고 등이 굽었다

해가 일찍 들던 아래채가 서금서금해지고

문이 뒤틀려간다

부각을 말리던 평상 다리 하나가 짜부라져 있다

오후가 저물어간다

파수꾼

집으로 돌아가는 시간
이틀치의 쓰레기를 수거하러 뒤 베란다로 간다
딩동딩동, 올 사람이 없는데
홈오토에 비버 두 마리, 딩동딩동
문앞에 놓인 파수대 전단지들
'하느님은 내게 관심이 있으실까'
'우리의 미래를 알 수 있습니까'
쓰레기 봉투에 담다 보았다
뒷동, 베란다 창살 틈으로 무릎을 개키고 창살을 붙잡고
있는 그녀
속옷 바람으로 청소하고 밥하는 나를 다 봤을,
아들 사는 아파트에 다니러 온 그녀
이승에 다니러 왔다
다음 세상으로 갈 날만 기다리고 있는 그녀
추억과 회한으로 귀먹은 바람 언뜻언뜻 스쳐가고
창백한 낮달 하나 당신을 부르고 있다
손끝에서 파랗게 식어가는 머언 풍경 소리.

대기실

물리치료실 앞
휠체어에 앉아 있는 여자女子
박박 밀어놓은 머리에 삐죽삐죽 돋아난
흰 머리를 뽑고 있는 남자男子
짧아서 잘 뽑히지 않는 흰머리를 뽑아
손바닥 위에 올려놓는다
자세히 보니
흰색, 검정색, 엷은 갈색 각각이다
뇌 촬영 사진도 이렇게 색색이리라
살아온 날들을 생각해 봐
뇌의 반은 이미 죽어 있다고 했다
목에, 팔뚝에, 요도에, 곳곳에 연결돼 있는 선들
그녀는 무엇과 교신하고 있는 걸까
물리치료 시간
어떤 손이 있어
그녀의 치명적인 결함을 끄집어내
가족들의 불면의 손바닥 위에 올려놓을 수 있을까
여자는 다섯 달째 말이 없고
남자는 옆에서 흰 머리를 뽑고 있다

봄눈

체인을 감고 앞서간 차들의 바퀴 자국을 따라간다 핸들을 잡은 손이 덜덜 떨린다 체인을 치지 않은 미니 트럭이 조금씩 미끄러지며 가고 있다 막상 고갯길은 염화 칼슘을 쏟아부어 눈이 다 녹아 있다 고갯길을 다 내려갔을 때쯤 녹아내린 눈과 평지의 쌓인 눈이 마주친 지점, 미니 트럭이 주춤주춤거리다 밀리다 다시 주춤거리다 밀리다 반복한다 물이 흥건한 아스팔트에서 체인은 바닥과 거칠게 충돌하여 온몸을 흔들어놓는다

터널을 빠져나왔다 눈은 흔적도 없었다 개나리꽃 노랑에 어질어질했다 눈이 내리기 시작한 새벽부터 10시간의 행적이 눈처럼 감쪽같이 서해 바다에 빠져드는 순간이었다 아버지의 무덤도, 그 위에 건설된 고속도로도 꿈속이었나 눈발처럼 오고 가던 메시지들도 잠잠해지고 있었다 웃음이 나왔다 점점 커진 웃음이 체인의 못 두어 개쯤을 뽑아내고 있었다 백미러를 봤다 코 주변이 쇳가루로 거무죽죽해진 낯선 여자가 하나 있었다

컴퍼스 로즈

문 밑으로 또 검은 그림자가 멈춘다

하얀 백색 지퍼의 공포
지퍼가 열린다
컴퍼스 한쪽 다리로 하얀 줄을 긋는다
부채꼴 모양이다
이내 제자리

침상에 불이 밝혀진다

밤새 내내 수시로 들락거리는 입원실

안대를 쓰고 있어도 빛이 새들어온다

컴퍼스 로즈는 진북眞北, 나를 향해 있다
나침반 바늘 끝에 꿰어져 꼼짝달싹하지 못한다
강에는 북쪽에서 날아온 철새들이
깃을 펄럭이고 있겠지

코드 블루, 코드 블루
6층 소화기내과 코드 블루, 코드 블루

코드 블루 상황 종료

이어버즈를 낀다
귀에 새를 들이다니 멋지네
'새'라고 생각했는데 '꽃봉오리'라니
아픈 몸뚱아리에 꽃봉오리라니
착잡한 심정으로 세상을 돌고 온 바람의 노래를 읽는다

스위치백*

아버지는 향나무 가지를 치고 계신다
잘린 나뭇가지
비릿한 내음을 밟고 얘기한다
잘 마른 광목빛, 질기고 팽팽한 고요 속에서
눈물이 흐른다
가지 하나쯤 툭 분질러 내려쳤으면
창호지 사이 단단하게 봉해진 단풍잎도
삐죽 문을 열었으련만
아버지는 사다리 위에서
나는 땅끝에서 한참을 그렇게 서 있었다
그을린 굴뚝에서 나온 박쥐 하나
서둘러 나온 발걸음에 뒷걸음치다 이내,
이른 노을 속으로 날아간다
새들 모두 떠난 지금,
둥지를 떠나면서
애비 내장을 파먹고 있는 새 한 마리, 굵은 목탄 자국
짓무른 스케치 한 장 북 찢어놓는다
사다리 긴 그림자에 갇혀
절겅절겅 작두 소리에 팔다리를 잘리고 있을 때

끝내 말없이
하늘 아래 다시 철로가 놓인다

* 영동선 나한정에서 흥전역 구간. 기차가 후진해서 운행한다.

한식

비가 내린다 거칠게 문까지 두드려대며 바람이 안부를
묻는다 무릎에 고인 물은 빠졌는지 깁스는 언제 푸는지 육
탈이 안 된 시신을 보고 잔뜩 놀란 동생이 전화를 걸어왔
다 다른 곳에 묻었다가 납골묘로 옮길 것인지, 화장해서
모실 것인지 해부학 책을 가지고 가서 아버지 뼈를 맞춰
보겠다던 동생은 혼이 빠져 있다 비는 계속 내리고 있다
물이 묻었던 시신은 오래오래 타고 있을 것이다 걸핏하면
자리를 잡았던, 한번 자리를 잡으면 좀체 물러날 기미를
보이지 않았던, 손목의 물혹도 조금씩 물을 뿜어내며 타고
있을까 납골당 서랍 같은 아파트 창가에서 내내 서성대고
있다 바람이 분다 연두의 혀를 내밀고 작은 잎들, 허공의
맛을 본다

다녀오겠습니다

없는 길입니다 주행경로를 탐색 중입니다 도로를 따라 주행해 주십시오 없는 길입니다 모퉁이 언덕에서 백로 한 마리 홀~쩍 사뿐히 밭 가운데로 내려앉았다 그리고 지켜보고 있다 하얀 운동화를 빨아놓으면 그만, 오다가다 해 안 드는 곳으로 바람 잘 통하는 곳으로 옮겨 말리고 운동화 끈까지 꿰어 마루 끝에 놓아두는 손이 있었다 버릇 나빠져요 쓱~ 스윽 사각사각 방문을 스치는 빗자루 소리에 묻혀갔다 "다녀오겠습니다" 큰 소리로 집을 나섰는데 내비게이션도 나도 근처에서 빙빙 돌고 있다 죽어서도, 무덤을 한 번 옮긴 후에도, 아버지는 눈웃음으로 기다리고 있었다 납골묘 앞에서 아버지를 부른다 인사도 없이 헤어진 지금, 군데군데 눈 쌓이고 또 녹아가고 있는 여기.

서랍에 갇히다

서랍 정리를 잘 못하는데 비슷한 것들을 쑤셔 넣는 것이 전부인데 아버지는 서랍에 갇혀 있네 칸칸이 얼굴도 모르는 조상들과 함께 배나무 그늘 아래서 보리밭으로, 벗겨진 이마에서는 땀이 송송하겠네 서랍은 쉽게 여닫을 수도 없네 빨판 기계를 흡착해서 열어야 한다는데 보면 뭐하냐, 그냥 뼛가루지 작은아버지는 어깃장을 놓네 산골 구석에서 물이 보고 싶었는지 화장하는 데 시간이 좀 걸렸냐며 해묵은 사설이네 동서남북 납골묘를 돌아봐도 어깨뼈 붙일 데 하나 없고 서랍에 묻은 접착제 자국만 눈에 거슬리는데 닦아도 지워지지도 않네 남쪽 세 번째 서랍, 엄마 자리에 들어가 하룻밤 자고 나올까 눈 뜰 수가 없어요 난시로 앵그라보던 사진 끄트머리처럼 서랍 끝에 끼워진 헤지고 접힌 마음 잘 펴서 다듬어 넣어둘 수도 없는데 함께 손끝 나누어 가진 과거도 없이 미래는 얼룩으로 마감되었네 아버지는 서랍에 갇혀 있네 너무 많은 서랍이네

로그아웃

　무릎을 그러안고 한 사내가 동그마니 바위에 앉아 있다. 바위에 주름골이 깊어진다. 깎여나간 흙 사이로 삐죽이 드러난 쓰레기들, 배낭에 가득 담긴 난수표들. 마른 지렁이들 길바닥에 가득하다. 아빠, 발 디딜 데가 없어. 팔짝팔짝 뛰어오던 아이. 청설모 한 마리, 물끄러미 그를 보고 있다. 스프레이 체인을 뿌렸다가 논구렁에 빠졌던 지난 겨울, 연말 주식시장 파지처럼 나뭇잎들 바닥에 쌓인다. 늙은 호박 옆에 그가 눕는다. 구멍 뚫린 단풍잎으로 햇살이 삐져나온다.

침묵의 무게

아버지, 오빠가 갔어요
그 말을 못 하고 무덤 근처 호수 산장에서 매운탕만 먹
고 왔다

학교를 그만두겠다고 선언한 나, 학교에서 잘리고 영장
이 나온 오빠, 형편이 어려워 상급학교 진학을 포기해야
했던 아버지, 복막염에 학교를 그만둔 내력이 있는 외삼
촌. 마음속 들끓는 폭풍과는 달리 바다는 너무 고요했는데
고기는 잘 잡히지 않았고 애꿎은 쓰레기, 뒤늦은 후회와
값싼 상념들만 낚아 올렸는데 그래도 몇 마리, 이름 모를
잡어들의 살은 달았는데 술이 몇 순배 돌도록 아무도 얘기
를 안 했는데 갈매기만 끼룩끼룩 울고 갔는데 최씨들 독하
네 학교, 그 까짓것이 뭐라고

아버지, 마왕이 나를 잡으러 와요
한마디도 못 하고 그는 갔다

의사가 인공호흡기를 뗐다
아버지는 말없이 미소만 짓고 있었다

구름이 엿보았던,

360도 회전 등나무 의자, 원형 테이블, 신문, 그리고 텔
레비전
그가 죽치고 있었던 안방
전 시간을 머물렀던 3m 이내의 것들

낡은 커튼 너머 베란다에 쌓여 있는 물건들,
장독 서너 개, 화분들, 지나치게 잘 자라 가지 어지럽게
엉켜 있는
눈치 보며 피우던 담배 연기 아직 배어 있는
말년의 애가심이었던 재건축 아파트 끄트머리

오랜 타향살이와 땀으로 바꾼 돈의 위력, 그러나 더 이상
매부리코 콧대를 세울 수 없는
쓸데없이 일찍, 새벽 출근 시간에 일어나 개켜놓았던 이
부자리들
이제는 은퇴해서 한쪽에 밀쳐둔,

대신 안방 가득 자리를 차지하고 있는 환자용 침대에서
그가 마른 입으로 힘겹게 웃을 때

유일한 즐거움이었던 손녀딸은
살이 다 내려 뼈만 남은 볼에 쭈뼛거리며 입맞춤한다
열 때문에 자꾸만 벗어젖힌 윗도리를 간신히 걸쳐두었
지만,
아이는 이미 다 보았다

오른쪽 새끼 발가락이 없다
꽃으로 가득 채운 관 속, 삼베 버선 아래
밤 낚시터, 살을 에는 바람에 언뜻언뜻 빛나던 금계국
반사판처럼 마지막 얼굴을 비추고
발가락도 간질이고 있다

제3부

꽃초

정오

버려진 화분 속에 꽃씨가 날아왔다

몇 방울의 비, 몇 가닥 바람
영원까지 약속한 것들에게 보내는 따뜻한 입김

가만가만 왼쪽 눈을 떠 본다 이내 닫는다
오른쪽 눈을 열어 본다, 잠시,
가볍게 몸을 떤다
울음을 터뜨린다

3월

철조망을 타고 올라가는

부서져가고 있는 나팔꽃 넝쿨

얼음장 밑을 흐르는 개울물 소리에

오늘 기어이 가볍게 부서지는

청동의 껍질을 뚫고

톡

톡

떨어지는

검정색 페디큐어 칠한 발톱

검은 여

물이 빠지고 거친 해 쏟아진다

썰물 때면 드러나는 아픈 기억들
제주에 유폐되어 목숨을 잃은 비명들
깊은 바닷속 해골들 사이를 돌아다니던 물고기들의 속삭임들

속솜하라*

물속에 잠겨 있었으면, 눈만 꿈벅이며, 말도 필요 없을 텐데

검은 바위에 앉는다

어둠 아래의 어둠 속에서 세월은 늙어간다

나는 피를 잉크로 바꿀 수 없다*

학살의 역사는 망각 속에서도 끊임없이 피를 흘린다

갈매기 울음소리를 배음으로

그림자처럼 어부들을 싣고 고깃배는 수평선으로 떠나고

멀리 바다는 회색빛으로 어둡다

* '조용히 하라'의 제주 방언
* 토마스 트란스트뢰메르, 「명종곡」에서

검은 방
− 다랑쉬굴에서

　이놈의 굴속은 밑도 차갑고 서늘하지 어깨동무하고 꼼짝없이 누워 손을 뻗으면 흙천장뿐이지 얘기라도 할라치면 악을 악을 써야지 우리가 뭘 잘못했나 옆 사람의 빨간 눈에 순간순간 놀라지 공포와 긴장의 이마 위를 가끔씩 지네가 지나가고 뭘 할 수 있나 체념의 시간은 깊어져가고 까무룩 졸고 있을 때 밖에서 불을 피우데 뜨거운 바람만 욱 죄어들어 숨도 쉬기 힘들어 당최 딱 죽을 것 같았지 어떻게 어떻게 구멍 하나 뚫었는데, 턱없이 앳된 눈동자랑 딱 마주쳤지 그 구멍으로 내처 연기 들어오고 토끼굴이 따로 없었지 이렇게 죽는가 싶어 뛰쳐나왔지 그나저나 몸뚱아리에 둘러쓴 뜨거운 김이나 빨리 빠져나갔음은 좋겠는데 난 아명해도 안돼쿠다*

* '난 아무리 해도 안 되겠습니다'의 제주도 사투리

파랑새* 없다

4·3 유적지 섯알오름 학살터 주차장에는
파랑새가 있었다

지금은 없다

멀리 산방산이 보이고
작은 오름인가 했던 일제 격납고가 19개나 남아 있는데
파랑새를 두 손으로 안고 있는 9m나 되는 평화의 소녀
는 없다

섯알오름 추모비 제단에 놓인
검정 고무신, 노랑·까망·하양 애기 고무신
알뜨르 비행장을 떠도는
제주 사월의 영혼들은 서천꽃밭 꽃감관으로 부활하고*

바람만 거칠다

차마 떼지 못한 입을 마스크로 다시 봉한다

* 최평곤 설치미술품(대나무·철, 2017)
* 배진성, 「제주의 사계」

부적·4

곡괭이를 들고 온 사람들이 빙점의 이마를 짚는다
지나갔는지,
언제 올는지,
알 수 없는 심연 속의 물 거기

얼음장 아래로
아이가 흘러간다
나뭇잎처럼, 우유팩처럼
아이의 코가 눌렸다,
볼이 찌그러졌다,
잠시 멈췄다
다시 흘러간다

가장자리에서부터 조금씩 지워지던 빙판은
구멍이 뚫렸다
하늘을 바라보던 커다란 눈은
또 무엇을 볼까

지는 노을 속에서도
아이들은 한 뼘씩 키가 자라지

천막에서 사람들을 기다리고 있었다
사람들은 시신이 떠오르기를 기다리고 있었다
유리창에 붙은 안경은 푸른바다거북을 기다리고 있었다
장갑은 손도끼를 들고 물살이 잠잠해지기를 기다리고
있었다
물살은 사자死者들의 손짓 너머 소란스런 침묵을 지켜보
고 있었다

목탁 소리가 울리고 있었다

시간이 무겁게 가라앉고 있었다
공기 부양 주머니가 부표가 되어 흔들리고 있었다
물속의 배가 가라앉고 가라앉고 있었다
아이들의 뼈가 조금씩 물러지고 있었다
아이들의 살이 조금씩 흩어지고 있었다
아이들의 머리카락이 조금씩 자라고 있었다

신발은 가라앉지 않는다

검은 바다 위에 신발들*이 떠 있다

아우슈비츠에서 보았던 신발 무더기들

kal 격추사건 피해자들의 신발들

세월호 희생자들의 것들

난민들의 신발들

바람따라, 물결따라 끊임없이 흔들리고 있다

* 송상희 설치작품, 「신발들」(비디오, 컬러, 무음, 35분, 2010)

동전을 던지다

철길 따라 병원으로 간다 침목 사이사이 자갈 대신 동전
이 가득하다 교통사고 난 버스, 운전석 문을 여는 순간 목
이 떨어진다 아부지 안 닮았네, 목이 자주 붓는구나, 너는,
의사 선생님은 병원에 없다 라디오에서는 유괴된 아이 소
식이 계속 나온다 버려진 침목을 때서 커다란 솥처럼 생긴
욕조를 덥힌다 계단을 올라 뜨거운 물에 몸을 넣을 때면
에밀레종이 생각났다 산 채로 익을 거 같아요, 산동네 계
단 끝에 교회가 있고 그 아랫집에 유괴범이 살았다 서른다
섯 번째 계단이라고도 하고 마흔일곱 번째 계단이라고도
하고 산 아래 길에서는 무조건 달렸다 집까지 탱자나무 가
시길을 따라 죽어라 달렸다 오르간 선생님 집이 그 중간이
어서 레슨을 그만두었다 손가락이 더 길어지면 더 멀리 피
아노 치러 갈 수 있어, 분수에 행운의 동전을 던진다

동 틀 무렵

돌바닥이 차가웠다

어둠 속에서 총신이 흔들렸다

시한폭탄 초침이 느리게 움직이고 있었다

너희는 살아서 우리의 죽음을 알려라

아재는 여자들과 중고등 학생들을 내보냈다

나는 버텼다. 형의 팔이 내 목을 감았다

좁고 긴 복도로 사람들이 사라졌다

헬리콥터 소리

캐터필러 소리

발자국 소리

어두운 하늘이 총성으로 밝아지고 있었다

줄장미

두
손을
머리 뒤로
깍지 끼고
계단을 내려오던
열다섯, 열여섯의 아이들이
차례로 쓰러지고

줄을지어사람들을열중쉬어로세워놓고처형했던

그 담벽을 넘어와

오체투지로 몸을 던져 피를 흘리고 있는

오월.

미궁의 입구

두두둑 두두둑 소낙비 내린다 국화 다발 하얀 꽃잎에 구
멍 뚫린다 비옷에도 큼직큼직하게 구멍이 난다 몸속 여기
저기 꿰맨 탄환 자국에도 다시 상처가 난다 흉터가 가렵다
봉합실 흔적을 따라 핏줄이 퍼진다 상석에 앉는다 깊숙이
들어앉아 커다란 봉분 옆구리에 기대고 있으면 뜨뜻한 흙
기운이 몸속 가득 퍼진다 비 온 뒤 땅은 조금 부풀어 있고
그 틈새로 아카시아 향기 스며든다 한 이틀 앉아 있으면
그대로 빨려들 것만 같다

봄날에는몸이여기저기아픔
군대 가서 군화를 태우다 잡혀가기도 하고
사회면기사를읽을수없음
성폭행당한 여자들은 다 친구라고, 경자는 우김
잦은기침소리
발뒤꿈치에서 시작된 염증이 번져 오른쪽 다리를 절단
한 부상자가
무릎 꿇은 학살자의 손주 손을 잡는다
마우스를 잘못 눌러 사라진 문자들은 어디에 있는가

경자 she remembers

수다도 나이를 먹는다 독기도 무뎌져가고 말이 점점 짧아져간다 약을 많이 써서 내성이 생겨 그런가 기도원으로 옮긴 후, 우김질이 최장 3분을 넘기지 못한다 전두환 죽일 놈에서 하느님 아버지로 옮겨갔다 천상계는 건드릴 대상이 아니다 얼른 지상계로 내려와야 하는데, 터미널에서 계엄군에게 당했다는 이야기는 아직까지 오리무중, 식구들은 포기했고, 이제 설화의 진위 따위 문제 되지 않는다 문서화되지 못한 말들은 어차피 손바닥 뒤집듯 엎어지니까 전화카드로 통제하는 건가 핸드폰도 없으니 밑도 끝도 없는 이야기도 없다

마음이 딴 데 가 있는 것을 아는 오래된 노트북, 커서는 제멋대로 튀어 눈을 부라린다

고인돌 공원

　약수터를 지나 길섶에까지 마중 나와 있는 고인돌을 지나 언덕배기 집채만 한 고인돌까지 간다 온종일 해를 품어 따뜻해진 돌에 가만히 손을 올려본다 손끝으로 전해지는 온기, 바위의 골분이 피운 돌이끼 꽃에 얼굴을 대본다 검은 마스카라를 바른 속눈썹이 빗물에 씻겨 내려간 듯 줄줄이 흘러내린 자국, 길게 틈이 나 있고 부풀어 올라 뜯어질 것만 같은 흉터 자국, 생을 거슬러 올라가다 도끼 맞은 얼굴을 만난다 오래된 책 속에서 주인공은 침묵하고 있고 행간을 읽느라 나도 딱딱하게 굳어진다 "탁, 틱" 돌이 조금씩 벌어지는 소리, 이름 모를 새 한 마리 놀라 날아간다 고인돌을 돌아가 보면 어린 토끼 한 마리, 팔다리 가장자리가 무지러진 채 썩어가고 한 무더기의 똥 옆에 얼었다 녹았다 되풀이하며 설경해진 땅에서 쑥이 고개를 내밀고 있다

부겐베리아

릭샤를 타고 바라나시에 도착했다 별안간 바지 가랑이
사이로 손 하나 들어와 발목을 잡는다 까만 닭발 억센 마
디 아홉 살배기 손이 섬찟하도록 차다 연민과 교만 사이,
길바닥에 싸질러놓은 용변들 사이를 아슬아슬 지나간다 강
가로 내려가면서 만난 개들은 위태로웠다 술에 취했다고도
인육에 인이 박혔다고도 하고, 여위고 번들거리는 눈빛, 담
벼락에 기대어 흐늘거리며 짜이를 마시고 있는 남자들, 허
공에 손을 내밀고 있었다 바스락거리다 부서져버릴 것만
같은 부겐베리아, 얇은 꽃잎에 배여 있는 불온한 냄새, 매
캐한 공기 속에서 어제의 장례 이야기, 발길을 돌리지 못하
고 한 달째 묶여 있는 여행자에게서나 들을 수 있다 사진과
영상 속에서만 볼 수 있는 것들, 멀리서 배를 타고 기미를
유추할 수 있을 뿐 새벽 연무 속에서 꽃초만 타고 있다

제4부

검은방

움푹한

혼자 깨어 손이 닿지 않는 곳에 파스를 붙이려고 팔을 늘어뜨려 온갖 포즈를 취한다. 통점까지 닿지 못한 팔이 떨린다. 테라스에 나와 담배 깊게 빨아들인다. 발목이 하얗다. 유리 깨진 창으로 손을 넣어 걸쇠를 당겨 올린다. 부엌으로 들어선다. 문을 잡아당긴다. 단단히 잠겼다. 유리창을 흔들어 보다 아귀가 맞지 않아 잠그지 못한 창으로 발목을 들이민다

보름달처럼 뚫려서, 파르르 떨고 있는 눈동자

트럭

　덤프 트럭이 지나간다 지축이 흔들린다 차체가 요동친
다 덤프 트럭 바퀴에서 빗물 날린다 거침없이 휘몰아쳐 차
창을 때린다 무서워도 또 무섭지 않다 영심이네 생선 트럭
은 야반도주했다 무단결석했어도 어쩌다 한 번씩, 운동장
귀퉁이 느티나무 뒤에 영심이가 숨어 있었다 폭설 쏟아지
던 날, 고라니 한 마리 길을 헤매고 있었다 연인은 떠났고
버스도 끊겼다 눈물 속에서 덤프 트럭을 만났다 그 높은
발판을 기어 올라갔다 겁 없는 청춘이네 기차역에 내려주
던 영심이 아버지는 지금 수배 중.

벚꽃 엔딩

화르륵 화르륵
사라지는 것이 좋겠다
늙은 둥치 끝에
연두의 새 이빨 하나, 둘 돋아나기 전에
화르륵 화르륵
재빨리 사라지는 것이 좋겠다
긴 병고가 예견된 암과의 사투를 끝내고
두려움과 용기가 뒤범벅된
뼛속까지 에는 회한의 시간, 이제 그만
인공호흡기를 서둘러 떼고
봄바람에 날려 사라지는 것이 좋겠다
두 발 늦게 온 개나리들 배웅하고
송홧가루 춤출 때
살빛 분홍 다 가신 하얀 꽃잎의 의지로
옮겨 심은 소나무 거미줄 이슬방울 위로
서둘러 더 멀리 옮겨가는 것이 좋겠다

우산

비 오는 날, 진홍색 영산홍 송이째 떨어져 마지막 빛을
쏟아붓고 있다 목덜미의 키스 마크를 들켰다 복잡한 눈길
이었지만 아무 말도 하지 않았다 두 번이나 학교를 옮기느
라 내가 제대로 대학을 못 갔다고 늘 미안해했었다 그가
갔다 제대로 꽃피워 보지도 못하고, 불콰한 친구는 오래
눈물을 훔쳤다 왼쪽 어깨를 늘어뜨리고 또 하필 그쪽으로
비를 맞곤 했던, 햇살 좋은 날에도 해묵은 허방에 빠져 허
우적대던, 사람 좋은 거 빼곤 어설펐던, 수염 자국 거뭇한
아들이 이제 보니 그 입매를 꼭 닮았다 호스 자국으로 푸
르딩딩해진 입술 주변을 닦고 또 닦는다 한쪽 눈에는 눈물
이 반쯤 고여 있다 어떻게 보내, 마지막 응급 처치로 늑골
은 부러지고 부푼 몸뚱아리, 관짝에 욱여넣고

개망초꽃

그는 우리 마을 유도관엘 다녔다. 땡볕에 한여름을 걸어 와서는 검은 띠로 묶은 유도복을 내려놓고 적산가옥 마루 턱에 앉아 물 한 잔을 마시고는, 다리 쉼으로는 제법 긴 시 간을 재밌는 이야기를 해댔는데, 거위든, 친구든, 진돗개 든, 딸기밭이든, 여자 이야기든, 이야기를 따라 언니 친구 치맛자락을 졸졸 따라다니던 내게 그는 훌륭한 가정 방문 이야기꾼이었는데, 대문 위쪽으로 그의 머리가 보이면 다 다미방에서 뛰어나와 그의 자리를 향해 선풍기를 고정시 켜 놓았는데, 어느 날, 미숫가루 한 잔을 다 마시고 입가심 으로 물 한 잔까지 마신 후, 동그란 눈을 더 동그랗게 뜨고 홀려 있는 내게 그날의 기나긴 이야기를 끝내고 일어서며 그가 한 말, 지금까지 내가 한 말 다 잊어버려……

연필화

엄마는 연필심에 침을 묻혀가며
전단지 뒤편에 글을 쓴다
보고 싶다 흥섭아 빨리 돌아와라

군대 간다고 머리 빡빡 밀고 왔던 녀석이 사라진 지 십
년,
　자르지 않고 길었다면 머리카락이 허리까지 닿았을 것
이다

엄마도 공부해야 한다며
흥섭이는 공책과 연필을 사가지고 와서
엄마가 좋아하는 꽃 이름부터 가르쳐 주었는데
개나리, 코스모스, 모란, 장미, 동백……

살기 바쁜데 글은 무슨 글 다음에 배울게
　그때마다 엄마는 슬그머니 공책을 윗목으로 치워 놓곤
했는데
　하루 종일 식당 일에 시큰거린 손목을 뒤로 숨기곤 했는
데

엄마는 연필심에 침을 묻혀가며 오늘도 쓴다
작은 밥상을 아들인 양 끌어안고
흥섭아 보고 싶다 빨리 돌아와라
벽에도 전봇대에도 아파트 게시판에도 삐뚤삐뚤 쓴다

연필심 침 속에 녹아내린 엄마의 애끓는 기도
붉은 주사*로 찍혀 부적이 되어 붙어 있다

* 짙은 홍색의 광물이며 수은과 유황의 화합물

옷의 고고학

〈무용 useless〉 디자이너 마케는 옷을 땅속에 묻는다
그리고 칠팔 년 후에 땅속에서 꺼낸다

역사가 있는 게 매력도 있어요
시간을 겪었잖아요
옷을 땅속에 묻어두어
시간이 형태를 변하게 만드는 일이죠
자연과 함께 창조하는 일이죠
창조 과정에서 내가 제어하지 못한 부분을
자연에게 맡기는 거예요
작품 기초를 다지고 방법을 구상하고
그 나머지는 자연이 완성하게 하는 거예요
땅속에 묻힌 옷을 꺼낼 때
그 옷 자체에, 자연스럽게 매장한 장소와 시간
그 옷에 관한 모든 느낌이 기록되었을 거예요*

옷 층층마다 신중하게 흙을 긁어낸다
지렁이와 벌레, 거미줄도 제거한다
어두운 방에서 서서히 거풍시킨다

한 벌의 옷은 무슨 이야기를 할 것인가

* 지아장커 감독의 다큐멘터리 영화 〈무용〉(2008) 중 디자니어 마케의 말

가위손

오 늘 어 디 로 가 고 싶 으 신 가 요

기적 소리 들려온다 나뭇가지가 잘려 나간다 새들 푸드득 푸드득 소스라쳐 달아난다 나무들 그때마다 떨리는 손으로 옷매무새 다듬는다 기적 소리 유난히 크게 울린다 더욱 거칠게 나무 물어뜯고 간다 몽당빗자루가 된 나무 생살에서 비릿한 내음 번져 온다 향나무 꼭대기에서 레일 문득 멈춘다 옷자락 하나 걸려 구름 그대로 주저앉는다 작은 동그라미, 타원형, 위아래 층층 동그라미, 옆으로 길쭉한 원형, 직사각형처럼 보이는 것도 속을 들여다보면 자잘한 원들이 깍지 낀 채 연결되어 있다 지금도 들려온다 금목서 주황빛 향기가 머리칼을 자르는 소리, 아버지가 역마를 마름질하는 소리.

꼬리를 자르다

저 닳고 닳은
오래된 바지 뒷가랑이
빤닥빤닥 윤기 나는 화상
만나는 의자 면면마다
비루한 웃음 짓던 시간들
거칠게 눙치던
바짝 마른 입술들
거울 속의 얼굴을 뭉개버린다
벽에 붙어 파동을 버틴 물방개
서서히 물을 건너가 반대편 기슭에 닿는다

골프공이 날아왔다, 꼬리뼈 근처 살이 부풀었다 함몰되고 감자 싹 빛깔의 궤적이 남았다 군데군데 꼬리 잘린 공은 무심히 먼 하늘을 보고 있고 두 번이나 말꼬리를 잘라먹은 나는 발끝을 보고 있었다 검정색 페디큐어의 엄지발가락은 칙칙하고 소심하다 몇 년 전의 말실수에 대한 복수인가 그는 빤히 나를 쳐다보다가 살짝 미소를 띠다 이내 정색한다 하긴 그는 달라 보인다 오른쪽으로 기울어졌던 혀는 앞니 쪽으로 조금 이동 중이고 무게를 줄인 그의 말은 서둘러 꼬리를 감춘다

철산동

경자 소식이 끊겼다

스무 살에 우리는 경자 아버지 집에서 학원에 다녔다 독서실에서 빨간 볼로 나오면서 나는 아이스크림을 사 먹었다 큰 눈을 더 똥그랗게 뜨고 경자는 호빵을 집었다 아서라, 나는 튀고 싶었고 경자는 중간이 최고라고 했다 우리의 우김질은 고압선마냥 질겨서 잠자리에서도 윙윙거렸다 그래도 매번 경자가 졌다 지는 척했다 한 번씩, 다 잊어버린 이야기를 꺼내 나를 기함하게 했다 그래, 졌다 졌어 아버지의 첩은 아이 머리통만 한 꿀 박힌 사과를 들고 와서 사람좋게 웃었다 서울 사과는 크기도 하네 집장사가 잘 된대 경자는 교대에 시험 보러 내려가고 이틀 후에 나는 신촌에 시험 보러 갔다 광명시 철산동 철탑 아래서 경자 사촌은 시쓴 공책을 보여줬는데 그 애도, 시도 가물가물

언니가 절교하겠대, 아버지한테 갔다고

큰 눈과 큰 입만큼 오지랖도 넓더니

한없이 계속되는 횡설수설에
잘 안 들려 담에~
서둘러 끊곤 했는데

기도원에서 더 이상 전화가 오지 않는다

송전 철탑은 땅속에 묻혔는가, 아파트만 빽빽하다

광명역에서 캐리어를 끌고 가면서 본다

쪼리가 있는 열람실

찰싹찰싹 쪼리 샌들이 온다

사물함에서 물고기 한 바구니를 가져다 책상 위에 붓는
다

머리 위 선풍기가 물고기를 뒤집어 보고 간다

찰싹찰싹 바닥을 치며 쪼리가 간다

냉방기 라디에이터 앞에 머물러 있다, no vacance

청보라 티셔츠 안에 받쳐 입은 연회색 홀터넥이 묶인 자
리,

뒷목덜미에 타투가 선명하다

찰싹찰싹 쪼리가 간다

커피를 뽑아들고 찰싹찰싹 온다

조

용

하

다,

독새 슬리퍼가 뺨을 후려친다

머리, 어깨 짝, 등허리 ……

슬로비디오 동작에 두 발짝쯤 앞서간 사운드

마림바 파이프들이 일어선다

모자를 쓰고 무릎을 개키고
쪼리가 영어책을 바라보고 있다
내력 있는 슬리퍼가 비겁하게 힐끔거린다
의자 아래 쪼리가 잠들어 있다
찰싹, 뒷덜미를 친다
홀터넥의 리본이 풀린다
"오징어 덮밥"
찰싹찰싹 파도치는 소리를 내며 쪼리가 바다로 간다
발톱의 빨간 페디큐어가 반짝 빛난다
그날의 핏빛이다.

날개들에게

실링팬이 돌고 있어요
느리고 끈적하게
우물천장에 오래된 프로펠러를 달아놓고
리모델링은 끝이 났어요
빌리 홀리데이 음반을 틀어요
지지직거리는 소리 뒤로 그녀가
커다란 치자꽃을 머리에 꽂아요
그녀의 두터운 입술에 실링팬이 잠깐잠깐 머물다 가요
소낙비 내리는 날, 악을 쓰며 부르던 노래
나는 바보예요
당신을 원하는 나는 바보예요*
비는 그쳤는데 계속 노래를 부르고 있었어요
문이 확 열렸어요, 눈이 부셔요, 그래요, 그게 다예요
우편배달부는 조금씩 빠르거나 혹은 늦게 오지요
다른 사람에게 가는 길은 늘 열려 있어요
당신을 붙잡으려는 나는 바보예요*
눈 속에 날개가 자라기 시작했어요
눈물이 말라 가고 있어요
비가 오면 빌리 홀리데이를 틀어요

그녀의 갈라진 목소리 사이로 비가 스며들어요
여름부터 가을까지 내내
빌리 홀리데이를 들이붓고 있어요, 인공눈물 대신
선글라스를 쓰고 잠을 자요
검은 보자기 속에서는
실핏줄도, 연약한 날개도, 슬픔과 원망도 감춰지지요
불면의 밤, 약에 취해 벌겋게 달아오른 그녀,
풀어진 그녀의 동공 속에서 실링팬이 떨어져 나가요
창밖 애기단풍 날개로 날아다녀요
빌리 홀리데이 음반 끄트머리에 적어요
날개는 내 친구
thanks to 날개들.

* 빌리 홀리데이 「i'm a fool to want you」 가사 중에서

제5부

옥춘당

옥춘당*

    외숙모는 할아버지의 죽음을 전해 주고 갔다. 처진 눈매, 그 가장자리의 붉은 달무리. 아직 따뜻한, 허리를 펴지 못하고 있는 땅. 저만치서 낯익은 중절모는 흙먼지를 털고 일어났다.

    하얀 눈썹이 날리고 있었다.
    흰 뼈로만 서 있는 나무들 사이,
    사람들이 가고 있었다.

    곳곳에 버려진 차들. 낭떠러지에 오른쪽 뒷바퀴가 빠진 채 기울어져 있는 고속버스. 라디오를 켰다. 안테나를 맴도는 할아버지 잔기침 소리. 그 새빨간 홍옥 꾸러미.

* 쌀가루에 여러 빛깔을 물들여 만든 사탕. 제사, 혼례, 회갑 등 큰상 차림에 쓰임

고대 지식 형태의 메아리*

애호박, 파프리카, 대파, 실파, 고추, 생강, 대추, 호두,
땅콩, 곶감, 브로콜리, 포도, 토마토, 바나나, 딸기, 용과,
키위, 사과, 귤, 오렌지, 레몬, 석류, 멜론, 수박, 파인애플

달콤하고 풋풋한 냄새가 전시장에 확 끼쳐 온다

30여 개 자연석 위에 과일과 야채가 놓여 있다

돌 위에 술을 따르고
꽃으로 돌을 어루만지고
콰테말라에서 가져온 향을 피우고
제사를 지낸다

전시 일정 동안 시든 과일, 야채는 교체된다

마야의 요정이 보고 있다

* 에드가 칼렐 작품. 광주 비엔날레, 2023

태풍 지나간 뒤

콩밭에 머리 박고 있던 포크레인이 사과밭을 뒤엎는다
벗어부친 청년의 등짝에 기계 소리 쉴 새 없이 채찍질한다
죽죽 그어진 금을 따라 초가을 땡볕 발갛게 부풀어 오른다
손을 쑥 집어넣으면 밀기울 사이에서 새빨갛고 통통하게
살아나던 눈부신 알몸은 톱날 아래서 또렷하게 가슴을 도
려내고 있다 다리를 끌고 비트적거리며 할머니가 온다 이
삭 줍듯 상처 난 사과를 주워 담는다 난도질 된 가슴은 납
빛으로 더 굳어진다 손주는 악을 악을 쓰고, 할머니 굽어
진 등에 혹이 하나 더 보태진다

미시령 옛길

　"쿵" 고릴라가 나타났다 되돌릴 수 없었다 유리창을 다 올렸다 힘껏 달렸다 옆에서 달렸다 조수석에서는 쓸데없이 보이는 것이 많다 깎아지른 벼랑, 함부로 잘려나간 그루터기들, 붉은 흙들 헤드라이트가 비추는 것은 일 미터 너머의 어둠뿐, 빔을 쏜다 유리창을 핥는 공포의 길고 긴 머리카락, 벼랑 아래 또 아래 보이는 것이 없다 멀리서 들려오는 거친 숨소리, 함부로 베어져서 천천히 기울어져가고 있는 나무들의 관절 삐그덕거리는 소리, 누워있는 나무들의 낮은 신음 소리, 간간이 돌덩이들 떨어지는 소리, 뒷좌석의 아이들은 다행히 곤한 잠에 빠져 있고, 귀를 붙들고 간다, 얼마나 갔을까, 한 줌 빛을 보고 간다, 저 앞에 차 한 대, 꼬리등을 보고 간다 고릴라를 봤다고 해야 하나 시커먼 콧구멍이 번들거렸다고, 가슴을 치는 둥둥 소리를 들었다고

고비

이게 사막이라고? 끝없는 모래 들판이 아니었다 듬성듬성 풀들이 돋아 있었다 유학생 가이드는 낙타가 먹는 가시 돋친 풀 이름을 몰랐다 헤어질 때까지 알려주지 않았다 초콜릿을 줘도 눈을 마주치지 않았다 모르면 모른다고 하지 질문이 던진 암전이 내내 불편했다 딱히 답을 원한 것도 아니었다 너무 많은 질문들, 해답이 없는 시간들, 답답한 것은 나였다 소나기를 맞았다 모래 언덕 꼭대기에서 신기루를 보았다고 생각한 순간, 갑자기 비가 쏟아졌다 모자가 날라가고 어, 와작와작 모래가 선글라스를 먹어버렸다 모래 바람에 얼굴이 따가왔다 겁 없이 태양을 보면 눈이 멀어요 의사는 줄곧 나의 무지를 탓했다 야밤에 자동차 불빛은 왜 보고 다니느냐고 질 나쁜 연애를 의심했다 새벽, 화장실에 가는 길, 겔 밖에서 보았던 쏟아질 듯 쏟아질 듯 하늘에 걸려 있던 별들이 쏟아져 내려 온몸에 박히고 있었다

오렌지와 브릭 사이,

오렌지색이 잘 어울린다는 걸 알았다 예뻐 보이고 싶으면 비슷한 색을 골랐다 귤색, 황금색, 스마트하다, 그가 갔다 지금은 톤 다운된 오렌지, 브릭을 고른다 산토리니에서 브릭은 실패였다 끝없이 반사되는 하양, 파랑, 화이트 아웃 순간 사라진대도 아무도 모를 일이었다 아이스크림 사러 갔나? 무엇보다 사진마다 입꼬리가 내려앉아 있었다 사진 보정 프로그램에서 입꼬리를 자른다 15°로 올린다 꿰맨다 don't (forget to) smile* 중국 커플이 웨딩 포토를 찍는다 온갖 포즈로, 웃어요, 웃어요, 그렇게, 길게 늘어선 줄, 하늘에서 줄줄이 은빛 줄이 내려와 입꼬리를 잡아당긴다 배경으로 있던 교회에서 종 친다

* 토드 필립스 감독의 영화 〈조커〉(2019)에서

94

20200401 장례식장

마스크를 벗었다 맞네, 술이 몇 순배 돌고 불콰해진 그
들의 요구는 정당했다

살아서는 본 적이 없으니 죽은 뒤에라도 오누이 관계를
확인해야 했다 발열 체크를 하고, 체온을 재고, 문진을 하
고, 이름, 전화번호까지 적고 들어온 장례식장이니 마스크
위 눈매만으로는 부족할 터 코와 입, 턱선까지 확인해야만
했다

중국에서 들어와 머리끝부터 발끝까지 꽁꽁 동여맨 방
호복을 입고 내가 우주인이냐고, 맨 얼굴로 이야기 한마디
도 못 하냐고, 사람들이 뜯어말리고 중환자실에서 짧은 면
회를 마치고 다음 날, 아버지 영정 앞에 앉아 있는 아들.
코로나 확진 여부를 알 수 없으니 장례식장에 들일 수 없
다고 치료받던 병원에서도 쫓겨나서 겨우 찾아낸 장례식
장에서 머리를 주억거리고 있다

옛날맛깨옥춘

설날, 다 늦은 아침에 편의점에 갔다 우유를 사고 빵 하나를 고를 참이었다 휘낭시에, 꿀호떡, 약과, 옛날맛깨옥춘, 저건 뭐지? 집에 내려갈 티켓은 구하지 못했다. 내려간대도 아빠는 병원에, 집에는 새엄마 그리고 이복동생. 한숨과 절망이 집을 가득 채우고 있을 터.

울면서 음식을 쑤셔 넣는다 안주인은 입은 시궁창이지만 손은 얌전해서 맛난 것들을 식구들 입속으로 던져 넣는다 거부할 수 없이 넙죽넙죽 받아먹는다 몸이 부풀어 오른다 돌덩이들이 쌓이고 쌓인다 독이 남는다 새끼 발가락을 자르고 폐 한쪽을 제거한다

죽음의 춤

흰 장갑이 물었다 갈아드릴까요 화장장 가마 속에서 한
시간이면 수습되어 나오는 뼈다귀들, 아직 연기 가시지 않
은 뼈들이 혼을 빼고 있었다 대기 중, 대기 중 불빛이 번
쩍이고 있었다 흰 장갑이 다시 물었다 갈아드릴까요 순간,
뼈골이 빠질 듯한 스파크가 일었다 유골 단지를 받아들고
상주는 중얼댔다 씨발, 좆같네 머리끝부터 발끝까지 꽁꽁
동여맨 방호복을 입고 면회 5분, 어차피 살은 다 무너져
내린 뒤였다 일인용 백과사전의 납빛 귀퉁이가 무너져 내
리고 있었다 먼지가 날렸다 아무 냄새도 나지 않았다 송홧
가루가 춤을 추고 있었다 건너편 산의 심장을 타고 오르고
있었다 노란 해가 다른 세계로 가는 방랑을 지켜보고 있었
다 모니터에서는 고무나무에 생채기를 내서 똑, 똑 수액을
받고 있었다 고무처럼, 송진이 눅진하게 굳어지고 있었다
글렌 굴드의 허밍이 얹히고 있었다.

티벳

　얼마를 뛰었을까 어지러웠다 3,300m 고지다 조캉사원 문 앞까지 갔다가 오체투지 하는 손을 밟을라 메뚜기처럼 튀어나왔다 마주쳤던 순례자의 눈길, 깊은 고요가 파란 불꽃 향을 사르는 연기가 연막 소독처럼 따라다닌다 스님의 대롱 한쪽은 부처 가슴에 반대편은 내 이마에, 합장을 한다 10위엔을 내고 서쪽 문으로 나온다, 화이트 아웃 뒤에서 문이 닫힌다 해독할 수 없는 글자 붙여진 전신주에서 무심히 뻗어 나간 전선들, 떠나는지도 모르고 갔다가 긴 공포를 이기지 못하고 이내 곧 엉켜버린다 타르쵸에 달려 있는 색색의 경전들, 봉인된 무게를 내려놓고 바래고 얇아져서 커다란 나비 날개인 양 펄럭거린다 길바닥의 작은 검정 나비들, 조바심 내며 단물 흔적 핥는다 골목 끝에서 어린 승려 둘, 걸음을 멈추어 나비를 읽는다 달그락거리는 식기 소리 들린다 사원 옆, 이끼 낀 돌담 위, 2층 창가, 주황색 가사 빛 제라늄.

출장 보톡스

미간에, 눈가에 보톡스를 바르고 생선을 찐다 병어, 돔,
조기 차례로 놓고 고명을 얹는다 tv에서는 만병통치약이라
고 치약을 바른 마사이족 여자들 건너편에는 알코올 솜을
대고 소파에 나란히 앉아 있는 며느리들 조양 철학관 앉은
뱅이 무녀를 기다리는 손님들처럼 주름이 옅은 손님은 주
름의 연혁에 대해 소상하게 얘기하고 주름이 깊어가는 측
은 얘기도 반응도 시원찮다, 니는 뭐하러? 그래, 이쁠 때
관리해야지 마지막으로 막내가 시술을 받는 순간 아이가
낮잠에서 깬다 아이는 팔을 휘저으며 꺄악꺄악 울어 젖히
고 훠이훠이 도포자락 휘날리며 저승에서 내려오고 있는
조상님네들 도망가실라 벽 주름에 통칠하는 시어머니 자
글자글 주름 많은 고모님이 맞으면 신세가 좀 펴질라나 아
이고, 부정 탈라, 그저 같이 사는 거지 얼어 있던 수육용
고기가 녹아 서서히 살점이 풀어져 가는 오후, 산적, 명태
전, 표고전 지져놓고 이뻐 보자고 제삿날, 출장 보톡스

이어도

바다는 하늘로 나 있는 지름길을 알고 있었네 바람도 쉬어 가는 나라 꽃은 제 향기에 취해 졸고 사이사이 크고 작은 고기들 키우는, 밤이 되면 별들 내려와 발 담그고 가는 나라

그 길모퉁이에 풀무장이 한 사람 살고 있었네 물 따라 흘러온 살림살이로 기둥 만들고 돌판 다듬어 구들 만들어 핏줄 힘껏 드러난 두 팔뚝 올려 두고 살았네 그가 털북숭이 손으로 풀무 돌릴 때 찢어진 그물 틈 사이 빠져나온 물고기들 시뻘건 아가미 드러내며 줄행랑 놓아 바다의 핏줄 서서히 드러나기 시작했네 풀무장이 손잡이에 힘이 더욱 가해지고 날개 달린 풀무, 한 마리 작은 새 되어 날아갈 때 머리카락 모두 풀어헤쳐 달려오는 바람 물살들, 핏줄 모두 터져 점점이 물들어 갔네 작은 불 비늘들 뒤척일 때마다 더 커다란 불덩이가 되어 가고 땅끝에서부터 울려오는 나팔 소리에 마침내 한 마리 구렁이 되어 용트림할 때 뱃머리들 부서지는 거친 숨소리 들었네

갈매기 날개도 접고 백상어 날카로운 이빨도 잠자고 마

주 보는 돌산마저 숨죽이고 있을 때 외눈박이 풀무장이는
보았네 아스라이 길 하나 열려 있음을

해설

민중들의 형상과 식물성의 사랑

박대현 문학평론가

1. 사라지는, 민중의 형상들

민중들이 사라질 위험에 처해 있다고 말한 이는 조르주 디디−위베르만이다. 그에 따르면 민중의 실재적 형상은 검열의 어두운 그늘 속에 은폐된 반면에, 틀에 박힌 민중의 이미지들은 과잉 노출된다. 흔히 말하는 서민들의 형상은 저잣거리를 방문한 정치인들의 들러리로, 혹은 과격하고 폭력적인 강성·귀족노조의 모습으로 미디어를 장식한다. 이처럼 정형화된 이미지는 민중들의 개별성(singularity)을 소거한다. 그래서 디디−위베르만은 민중들의 이미지가 결핍 노출과 과잉 노출의 이중적 상황에 처해 있다고 말한다.[1) 민중들은 주로 자본주의의 지배체제에 순응해버린 이미지, 그리고 과격하고 폭력적인 노조의 이미지로 노출된다. 혹은 생활고로 인하여 순순히 퇴장하고 마는 일가족의 비극적인 이미지가 간헐적으로 민중의 이미지에 추가되기도 한다. 민중의 이미지들. 순응, 반역, 도태라는 틀로 주조된 이미지들은 정형화되고 조작되고 감산된 민중들의 형상이다. 민중들의 이미지는 사라지고 있는 것이다.

최미정 시인은 민중들의 구체적 형상에 주목한다. 그것은 추상화되고 조작된 틀에 의해 형성된 이미지가 아니라 민중의 개별적 삶에 착근한 이미지다. 그의 시는 주로 인물을 다루고 있고 인물이 거쳐온 신산한 삶에 집중하는데, 주로 가까운 친족과 이웃을 중심으로 하여 삶의 막바지에 도달한 한국 민중의 신산했던 삶을 그려내거나 여전히 부대끼는 삶의 현장을 포착한다. 시로 쓴 인물화라 할 수 있을 정도의 시적 성취로서 민중의 서사를 견인하는 힘까지 갖추고 있다. 무엇보다 중요한 것은 민중에 대한 시인의 형상화는 동일성의 틀을 강요하지 않는다는 사실이다. 알랭 바디우의 말을 변용하자면, 시인은 타자를 있는 그대로 함께 존재하기 위해서 타자를 공략하는 시적 언어를 구사한다.[2] 시인은 동일성의 틀이 아니라 이질적인 상태의 민중을 있는 그대로 마주 보고 구현해낸다. 그의 시는 기존의 민중적 표상이 아니라 인물의 구체적 개별성에 기대고 있는 것이다.

1) 조르주 디디-위베르만, 『민중들의 이미지』, 여문주 역, 현실문화연구, 2023, 18~19쪽.
2) 알랭 바디우, 『사랑 예찬』, 조재룡 역, 길, 2010, 29쪽.

장독대에 걸터앉아 복순 언니는 말했지. 얼굴이 긴 사람은 눈물길이 멀어 슬픔이 많은 법이라고. 미용학원 빼먹고 옛날이야기 해 주다가. 빨랫줄을 매단 나무를 올라가며 수세미들 초록의 팔뚝을 힘껏 내밀었지

칠순 잔치에 와서 복순 언니는 하염없이 울었지. 까맣게 기미 슬어 선연하게 드러나던 눈물길. 접시 가득 담아 온 음식 서너 숟갈 뜨다가. 깡마른 등을 두드릴 때 복순 언니 눈물마저 말라붙어 조각조각 마른 껍질로 부서져 내렸지

십 리 안팎으로 자랑이던 아버지 북녘으로 넘어가고. 복순 언니 시집간 지 세 해만에 어머니 제주도로 시집가고. 그 길을 따라 가노라면 수세미꽃 노란 멀미로 피어날까. 그 길을 끝끝내 따라 가노라면 하얀 속살 사라지고 뼛골마저 부서져 모질게 질긴 실핏줄만 남아 엉켜 붙을까

－「수세미」 전문

이 시는 '복순 언니'라는 인물의 한평생을 '수세미'라는 덩굴풀 이미지로 핍진하게 묘사한다. "얼굴이 긴 사람은 눈물길이 멀어 슬픔이 많은 법"이라는 민간 속설을 1연에 배치한다. 왠지 슬퍼진다. 자신의 운명을 생김새(관상)로 풀이하는 마음의 그늘이란 그런 것이다. '복순 언니'가 해

주었다는 "옛날 이야기" 역시 서러움으로 가득할 것이다. 며느리밥풀꽃 설화 같은 서러움 말이다. 옛날 이야기의 서러움은 '복순 언니'를 통해서 옛날 과거에서 지금 이야기로 현재화된다. "까맣게 기미가 슬어 선연하게 드러나던" 복순 언니의 "눈물길"은 "칠순 잔치"에까지 이어져서 울음으로 터지고 만다. 그 울음의 인생사란 굴곡진 한국 현대사에서 비롯된다. 자랑이었던 아버지가 "북녘으로 넘어"간 후, "복순 언니 시집간 지 세 해만에 어머니 제주도로 시집가고" 다들 "수세미꽃 노란 멀미" 같은 신산한 삶의 길을 걸어왔다. "복순 언니"는 그 길 끝에서 이제 "하얀 속살 사라지고 뼛골마저 부서져 모질게 질긴 실핏줄만 남아 엉켜붙"은 '수세미'와 같은 늙은 할미로 남게 된 것이다.

　이 시집에는 '복순 언니' 외에도 '아버지', '경자', '연희 언니', '휠체어에 앉아 있는 여자', '영심이 아버지', '홍섭이 엄마' 등등 다양한 인물들이 등장한다. 이들은 모두 신산한 삶을 살았거나 살고 있거나 생의 마지막에 깃든 자들로서 소박하면서도 순정한 민중의 형상을 지닌다. 그리고 "아들이 총살당하고/전쟁 중 남편이 불난 집에서 가고/연기 속으로 하나, 둘 사라지는 사람들"(「도트무늬 할머니」)이 말해주듯이 이들은 속절없이 상처받은 존재들이다. 시인은 이들의 삶을 연민과 사랑의 시선으로 안아준다. 시인의 관심사는 오직 구체적 인간을 향하는데, 시인의 내면 풍경은 인간의 빛과 그늘로 가득하다. 인간의 빛이라고 하면 "하나, 둘씩 튀어 오르는 은백색 숨결들"(「화신花神」)과 같은 인간 본연의 순수한 아름다움이겠고, 인간의 그늘이라면 '줄장미'를 보고도 "줄을지어사람들을열중쉬어로세워놓고 처형했던"(「줄장미」) 학살극을 떠올릴 수밖에 없는 역사의 수난에서 비롯되는 상처일 것이다. 시인은 인간 본연의 아름다움을 관통해버린 역사의 총구를 들여다본다.

2. 동물성의 역사와 식물성의 제의祭儀

　최미정의 시는 이번 시집에서 인간성이 동물성으로 환원된 한국의 현대사 쪽으로 좌표 이동을 하고 있다. 그의 시에 수난의 현대사를 거쳐온 민중의 형상이 자주 등장하는 이유도 이러한 좌표 이동과 무관하지 않다. 시집 3부 〈꽃초〉는 주로 한국 현대사의 비극적인 사건인 한국전쟁, 제주4·3항쟁, 5·18민주화운동의 역사적 상처를 다루고 있는데, 이러한 시인의 작업은 보수정권의 등장 때마다 제주4·3항쟁과 5·18민주화운동이 이념공세로 폄훼당하고 그 역사적 의미가 부정되는 현실 속에서 더욱 주목할 만한 것이다. 발터 벤야민은 일찍이 "죽은 자들도 적이 승리한다면 그 적 앞에서 안전하지 못하다"고 말한 바 있다.[3] 한국 역

---

3) 발터 벤야민, 『발터 벤야민 선집·5』, 최성만 역, 길, 2015, 334쪽.

시 보수 정권의 등장 때마다 죽은 자들의 넋이 죽음 이후에
도 안전하지 못한 상황에 처해지는 현실이 반복된다는 사
실을 생각하면 시인의 이번 시집이 다루고 있는 역사 현실
의 문제는 무척 중요로운 것이다.

　역사 쪽으로 좌표 이동한 시인의 시적 변화가 새삼스러
운 것은 아니다. 제2시집의 "누구는 살고 누구는 죽는가/
골목에 가득했던 총소리 이명으로 남아/후덕한 목화송이
잡아 뜯는다"(「목화밭에서」, 『인공눈물』, 2021)라는 진술에
서 알 수 있듯이, 그의 내면에 역사의 불행이 뚜렷한 한 자
리를 차지하고 있음을 짐작할 수 있기 때문이다.

　시집의 3부 〈꽃초〉가 의미하듯이, 이는 한국 민중의 수
난과 죽음에 대한 위무와 제의다. 뿐만 아니라 '꽃'이라는
식물성의 이미지는 불꽃 이미지와 결합하여 동물성의 육식
세계에 대립하는 저항의 이미지로 변주된다. 〈꽃초〉에서
주목해야 할 작품은 「검은 여」, 「검은 방 ─ 다랑쉬굴에서」,
「파랑새 없다」 등 제주4·3항쟁을 다루고 있는 시들이고, 「동
틀 무렵」, 「줄장미」, 「미궁의 입구」, 「경자 she remembers」
등 5·18민주화운동을 다루고 있는 시들이다. 그중 한 편을
보도록 하자.

　　이놈의 굴속은 밑도 차갑고 서늘하지 어깨동무하고 꼼
　짝없이 누워 손을 뻗으면 흙천장뿐이지 얘기라도 할라치
　면 악을 악을 써야지 우리가 뭘 잘못했나 옆 사람의 빨간

눈에 순간순간 놀라지 공포와 긴장의 이마 위를 가끔씩
지네가 지나가고 뭘 할 수 있나 체념의 시간은 깊어져가
고 까무룩 졸고 있을 때 밖에서 불을 피우데 뜨거운 바람
만 욱 죄어들어 숨도 쉬기 힘들어 당최 딱 죽을 것 같았지
어떻게 어떻게 구멍 하나 뚫었는데, 턱없이 앳된 눈동자
랑 딱 마주쳤지 그 구멍으로 내처 연기 들어오고 토끼굴
이 따로 없었지 이렇게 죽는가 싶어 뛰쳐나왔지 그나저나
몸뚱아리에 둘러쓴 뜨거운 김이나 빨리 빠져나갔음은 좋
겠는데 난 아명해도 안돼쿠다

– 「검은 방 – 다랑쉬굴에서」 전문

이 시는 제주4·3항쟁 당시의 피학살의 상황을 증언하는
목소리다. 이 시는 생존자의 목소리를 빌려 학살 당시의 상
황을 생생하게 전달한다. 이 시의 부제가 말해주듯이, 학살
의 장소는 다랑쉬굴이다. 다랑쉬굴은 1948년 12월 제주도
다랑쉬굴에 피신했던 민간인들이 군경합동토벌대가 굴 입
구에 지핀 불 연기에 질식해 숨진 비극적인 사건 현장이다.
1991년 12월에서야 다랑쉬굴 내에서 11구의 유골이 발견됨
으로써 세상에 널리 알려진 비극의 장소이기도 하다. 시인
은 생존자의 증언을 빌려 불 연기에 질식당하기 전후의 상
황을 핍진하게 구술한다. 굴을 탈출하기 직전에 작은 구멍
을 사이에 두고 마주친 "앳된 눈동자" 하나는 죽은 자의 시
적 귀환이다. 1948년의 죽은 자의 눈동자 하나가 생존자의

구슬 속에서 번득이며 되살아나고 있다. 이 이미지 하나만으로도 이 시는 죽은 자를 현재로 소환하는 힘을 가진다. 과거의 죽은 자와 현재의 살아 있는 자가 서로 마주하게 되는 것이다. 구술자의 몸에는 여전히 "뜨거운 김"이 빠져나오지 못하고 있고 구술자는 그날의 악몽에서 자유롭지 못하다. 시인은 이 시를 통해서 다랑쉬굴의 죽음이 완료형이 아니라 현재진행형임을 고발한다. "난 아무래도 안돼쿠다"라는 제주 방언은 생존자의 고통이 아직 끝나지 않은 현실을 공교한 현장감으로 환기해낸다. 그리고 5·18민주화운동 이후 여전히 치유되지 못한 상처를 들여다보자.

　　수다도 나이를 먹는다 독기도 무뎌져가고 말이 점점 짧아져간다 약을 많이 써서 내성이 생겨 그런가 기도원으로 옮긴 후, 우김질이 최장 3분을 넘기지 못한다 전두환 죽일 놈에서 하느님 아버지로 옮겨갔다 천상계는 건드릴 대상이 아니다 얼른 지상계로 내려와야 하는데, 터미널에서 계엄군에게 당했다는 이야기는 아직까지 오리무중, 식구들은 포기했고, 이제 설화의 진위 따윈 문제 되지 않는다 문서화되지 못한 말들은 어차피 손바닥 뒤집듯 엎어지니까 전화카드로 통제하는 건가 핸드폰도 없으니 밑도 끝도 없는 이야기도 없다

　　마음이 딴 데 가 있는 것을 아는 오래된 노트북, 커서는

제멋대로 튀어 눈을 부라린다

－「경자 she remembers」 전문

　이 시는 제목이 암시하듯이 5·18민주화운동 당시 목격
자이자 희생자인 '경자'라는 인물에 대한 서술이다. 이 시
집에서 '경자'는 5·18의 상처를 간직한 인물로 다른 시(「철
산동」, 「미궁의 입구」)에서도 언급된다. 경자는 "터미널에
서 계엄군에 당"한 사건을 기억한다. 경자가 목격한 사건
은 광주 대인동의 옛 공용시외버스터미널에 건립된 사적
비('5·18민중항쟁 사적3')에 기록되어 있다.[4] 계엄군이 터
미널 앞 로터리에서 과잉진압에 저항하는 시민들을 무력
진압하고 터미널 대합실과 지하도로 피신한 시민들을 쫓
아가 총검으로 무차별적으로 학살한 사건이다. '경자'의 상
태는 온전치 못하다. 기도원에서 요양 중인 경자는 나이
가 들어 말도 짧아지고 우김질도 최장 3분을 넘기지 못할
정도로 쇠약해진 상태다. 5·18 이후의 마음의 상처를 신앙
으로 달래지만, 전두환에 대한 적개심은 여전하다. "전두

---

4) "여기는 5·18광주민중항쟁 당시 시외버스공용터미널이 있던 곳으로, 전
　남 일원을 잇는 교통 중심지였다. / 5월 19일 오후 이곳에서 계엄군의 과
　잉진압을 규탄하는 대규모 시위가 있었다. 계엄군은 대합실과 지하도까
　지 난입, 총검을 휘둘러 이곳은 일시에 피비린내 나는 아수라장으로 변
　했다. / 이 소식은 시외버스를 통해 시외로 나간 사람들에 의해 곳곳으
　로 전파돼 항쟁이 전남 전역으로 확산되는 계기가 되었다. 이곳은 한때
　공수부대 숙영지로 사용되기도 했다."

환 죽일 놈". 아직까지 터미널의 학살은 진상 규명되지 못한 상태다. 5·18 당시 육군본부의 작전상황일지는 '광주 공용터미날 지하실 시체 전시(실물) 18구'라는 기록을 남겼다. 그 주검들은 아직 찾지 못한 상태다. "터미널에서 계엄군에게 당했다는 이야기는 아직까지 오리무중, 식구들은 포기했고, 이제 설화의 진위 따윈 문제가 되지 않는" 현재다. "문서화되지 못한 말들"은 망령이 되어 떠돌고 경자는 그날의 증인으로서 '정신없는' 수다를 쏟아낸다. 하지만 그 수다조차도 쇠락해간다.

이처럼 최미정의 시는 역사의 비극에 대한 감성적 환기력을 강화하는 데 성공한다. 추상적 지식의 영역에서 박제되어버린 역사를 구체적 살을 지닌 일상의 공간으로 소환하고 있는 것이다. "문서화되지 못한 말들", 즉 죽은 자의 목소리에 신들린 시의 언어가 필요하고, 죽은 자의 목소리에 강박된 원한의 말들을 핍진하게 기록하는 시의 언어가 필요한 이유다. 이는 시를 통한 기억 투쟁으로서의 의미를 지닌다고 할 수 있다. 그러나 이 기억 투쟁이 부재와 소멸의 감성 속에서 이루어지고 있다는 사실을 주목하지 않을 수 없는데, 그 감성의 중심에는 이미 죽어버린 자들, 혹은 쇠락해가는 존재에 대한 연민이 우선적으로 자리 잡고 있기 때문이다. 이러한 부재와 소멸의 감성은 역사의 폭력으로부터 상처를 입은 존재들에게까지 깊숙이 스며든다.

3. 연민의 감성과 식물성의 언어

시인이 바라보는 인물들은 대개 쇠락해가는 노년의 형상을 하고 있다. 친인척들을 비롯한 마을 사람들, 그리고 제주4·3항쟁과 5·18민주화운동의 아픈 상처를 저마다 안고 있는 이들 모두 노년이다. 이들은 제주4·3항쟁과 5·18민주화운동을 비롯한 한국 현대사의 상처와 아픔을 가진 존재들이자 가난하고 척박한 현실을 견뎌내야 했던 생활의 애환 또한 공통적으로 안고 있는 존재들이다. 그렇다면 부재와 소멸의 감성은 한국 현대사의 질곡 속에서 고통받고 상처받은 민중의 넋이 제대로 위무받지 못하고 스러져간 현실을 반영한 것이라 할 수 있다.

　　다리 짧은 개가 토끼처럼 뛰어 담장 밑 그물망을 뚫고
　간다

　　퇴직금을 털어 앙고라를 샀던 가장은 일 년 만에 토끼
　집을 부쉈다

　　정신이 온전치 못한 아들이 빨간 토끼 눈을 부지깽이로
　찔러댔었다

　　아버지는 서둘러 세상을 뜨고

사철나무 담장을 헤치고 와 가끔 눈물바람을 내던 어머
니는

아들을 기도원에 보내고 등이 굽었다

해가 일찍 들던 아래채가 서금서금해지고

문이 뒤틀려간다

부각을 말리던 평상 다리 하나가 짜부라져 있다

오후가 저물어간다

－「서쪽」 전문

　서러운 가계家計가 아닐 수 없고 기구한 가족사라 아니
할 수 없다. 실직 후 사업이라 할 것도 없는 생업에 실패하
고 세상을 떠난 남편, 정신이 온전치 못한 아들, 결국 아
들을 기도원에 보내고 등이 굽은 여인이 그려내는 삶의 풍
경은 한국 현대사 속에서 스러져간 민중들의 삶을 직절하
게 드러낸다. '서쪽'이라는 시 제목이 암시하듯이 힘겨운
인생사를 거쳐온 한 여인의 삶은 '황혼'에 이르렀다. "문이
뒤틀"린 낡은 집에서 "부각"을 말렸을 늙은 여인의 모습이

"짜부라"진 "평상 다리"처럼 서럽게 느껴진다. 이 시에서 주목해야 할 것은 남편, 아들, 여인의 모습이 직접적으로 드러나지 않는다는 점이다. 이들은 모두 부재의 형상으로 존재한다. "아들을 기도원에 보내고 등이 굽"은 어머니인 늙은 여인 역시 이 집에서 살고 있는지 확인할 수 없다. 이 시의 등장인물들은 부재의 형상으로 후경화되어 있다. 전경화된 것은 퇴락한 집을 배경으로 저물어가는 오후다. 그러니까 이 시의 지배적 요소는 가난한 민중들이 살았던 삶의 장소가 드러내는 부재와 소멸의 감성이며, 이를 바라보는 시인의 연민 어린 시선이다. 간과하지 말아야 할 것은 이 연민은 민중의 서러운 삶에 감응하는, 민중을 향한 시인의 사랑에서 비롯되었다는 사실이다. 그리고 그 사랑은 할머니로 표상되는 민중의 생활 속에서 체득한 것이다.

> 베란다에 할머니 돌확을 가져다
> 부레옥잠을 띄워 놓았다
>
> 할머니, 헌 주전자 가득 미꾸리 잡아다
> 옴팍진 살집 속에서 몽글게 갈아
> 한 솥 가득 추어탕 끓여내셨다
> 배고픈 사람들 허기 가셔준 죄로
> 큰아들 멀리 떠나보내야 했다
> 끼때에 즈 집에 드는 이는 다 밥손님인겨

아직도 귀에 쟁쟁한 할머니 목소리

연보랏빛 꽃대궁을 따라 올라온다

– 「부레옥잠」 전문

할머니의 사랑은 민중적 심성을 표상한다. "끼때에 즈집에 드는 이는 다 밥손님"이라는 할머니의 심성이 "큰아들"을 곤경(혹은, 죽음)에 처하게 한 것으로 보인다. 한국전쟁을 전후하여 무수하게 벌어졌을 법한 이 불행하고도 비극적인 장면은 순정한 인간애를 짓밟는 역사의 폭력을 증언한다. 할머니의 순박한 심성은 부레옥잠과도 같은 것이다. 그것은 절멸하지 않는다. "아직도 귀에 쟁쟁한 할머니 목소리"는 부레옥잠의 "연보랏빛 꽃대궁을 따라 올라오"는 강인한 생명력을 가졌다. 부재와 소멸의 감성 속에서도 빛나는 것은 부레옥잠 꽃대궁과도 같은 꽃의 이미지다. 그것은 인간에 대한 무한한 사랑이 아니고 무엇일까. 이 시집의 제목처럼, 그 사랑은 "당신이 우리 마음에 심어놓은 별"이다. 그 사랑은 시인에게도 고스란히 유전된다.

하여, 시인은 꽃을 보듯 사람을 보는 듯하다. 수난의 현대사를 거쳐온 민중의 형상이 주로 꽃의 이미지로 등장하는 이유이기도 하다. 그의 시에서는 '개나리', '감자꽃', '찔레꽃', '부레옥잠', '동백', '줄장미', '부겐베리아', '벚꽃', '개망초꽃' 등등 꽃들의 향연이 펼쳐진다. 그의 언어는 식물성의 언어이고 그 언어는 식물성의 사랑을 간직한다. "사랑이 넘치면 저리 되는가"(「찔레꽃」) 찔레꽃을 향해 던진 이 문장은 시인에게 되돌려줄 말이기도 하다. 그 사랑 속에서 역사는 구원을 얻고 죽은 자들의 넋은 안도할 것인가. 그것은 알 수 없다. 다만, 동물성의 역사를 겨냥하는 식물성의 언어를 주목하자. 식물은 쉽게 꺾이고 훼손되지만, 동물과 달리 쉽게 절멸하지는 않는다. 식물은 대지의 기운으로 끈질긴 생명력을 갖는다. 이는 민중의 존재 방식이기도 하다. 물론 이때의 민중은 여성성 쪽으로 기운 민중이다. "식물성으로만 기억되는 여자"(「감자꽃」)라는 구절이 예사롭게 보이지 않는 까닭이다.

식물성은 동물성의 세계, 즉 역사의 폭력이 난무하는 남근 중심의 세계로부터 벗어나는 해방과 구원의 미적 이미지다. 괴테가 말했듯이 영원히 여성적인 것이 우리를 구원한다. 이것은 정말 진실이다. 라깡은 실재하지 않는 이념적 정체성의 향유를 남근적이라 불렀고 남근적 향유는 '하찮은(paltry)' 향유이기도 하다. 그것은 역사의 폭력을 발생시키기도 하는, 때론 사라져야 할 향유다. 반면 여성적 향유는 이질적 타자성을 억압하지 않고 모두 포용하는 무규정적 침묵이다. 이는 타자를 배척하지 않는 식물성의 존재 양식과 흡사하다. 최미정의 시가 드러내는 식물성의 언어와 사랑은 이질적인 복수複數로서의 민중의 형상을 포용하는 시적 감수성의 산물이라는 의의를 지닌다. 시인이 구사하는 식물성의 언어는 동물성의 역사에 대항하는 시인 고유의 미적 방식인 것이다.

당신이 우리 마음에 심어놓은 별이 있어요

초판1쇄 찍은 날 | 2023년 12월 11일
초판1쇄 펴낸 날 | 2023년 12월 15일

지은이 | 최미정
펴낸이 | 송광룡
펴낸곳 | 문학들
등록 | 2005년 8월 24일 제2005 1-2호
주소 | 61489 광주광역시 동구 천변우로 487(학동) 2층
전화 | 062-651-6968
팩스 | 062-651-9690
전자우편 | munhakdle@hanmail.net
블로그 | blog.naver.com/munhakdlesimmian

ⓒ 최미정 2023
ISBN 979-11-91277-84-5   03810

• 이 책은 광주광역시 광주문화재단 의 지역문화예술특성화지원사업으로
  지원받아 발간되었습니다.